Como la sal

Adaptación: Luz Orihuela   Ilustración: Max

Combel
EDITORIAL

Érase un rey que tenía tres hijas muy bellas
y muy buenas. Las tres lo querían muchísimo,
pero el padre quería saber
hasta qué punto lo quería cada una de ellas.
Así que decidió llamarlas
y pedirles una explicación.

La hija mayor le dijo que lo quería mucho;
tanto como al pan.
Entonces, el padre, satisfecho, le dijo:
—Si me quieres como al pan,
mi bendición te he de dar.

La hija mediana también le contestó
que lo quería mucho; tanto como al vino.
Entonces, el padre, satisfecho, le dijo:
—Si me quieres como al vino,
te quedarás conmigo.

Por último, la más pequeña,
que se llamaba Margarita,
le dijo que lo quería como a la sal,
pero esta respuesta no gustó al padre.
El rey le dijo enfadado:
—Pues si tu cariño es como la sal,
¡márchate de mi hostal!
Y la echó fuera de casa.

La joven, muy disgustada,
se disfrazó de mendiga con unos harapos
y se marchó por esos mundos de Dios.
Caminó y caminó durante muchos días
y muchas noches. Quería llegar muy lejos,
allí donde nadie la reconociera.

Encontró una casa donde le dijeron
que podía encargarse de las ocas
a cambio de cama y comida.
Cada mañana, cuando salía con las ocas
y se iba a la orilla del río,
se peinaba con un peine de oro
que llevaba bajo los harapos.

Un día, el hijo del amo
no se encontraba bien, y su madre le pidió
a Margarita que le trajese una infusión de hierbas.
El joven la encontró muy bella y,
mirando sus manos, pensó
que no eran manos de pastora.
—¿Quién sois en realidad? —le preguntó el joven.

Margarita no pudo seguir ocultando
su verdadera identidad.
Con lágrimas en los ojos, contó a su joven amo
todo lo que le había ocurrido.
Se gustaron tanto que decidieron casarse
e invitar a todos los nobles del país;
también al padre y las hermanas de Margarita.

Cuando llegó el día de la boda,
Margarita pidió cocinar ella misma
la comida de su padre. Preparó para él
exquisitos manjares; los que sabía
que más le gustaban.
Pero no les puso ni pizca de sal.

Después de la celebración,
le preguntaron al rey por qué no había probado
bocado, y éste respondió:
–Estaba muy bueno, pero completamente soso.
Habría sido excelente si no le hubiera faltado
la sal. Puedo comer sin pan o sin vino,
pero no sin sal.

Entonces, Margarita le recordó
que le había echado de casa por decir
que lo quería como a la sal. El rey,
que hasta entonces no había reconocido a su hija,
le pidió humildemente perdón.
Desde aquel día, padre e hija
volvieron a ser felices
y comieron perdices, con mucha sal.

© 2003, Francesc Capdevila Gisbert
© 2003, Combel Editorial, S.A.
Caspe, 79. 08013 Barcelona
Tel.: 93 244 95 50 – Fax: 93 265 68 95
combel@editorialcasals.com
Diseño gráfico: Bassa & Trias
Primera edición: septiembre de 2003
ISBN: 84-7864-785-6
Depósito legal: M-29.065-2003
Printed in Spain
Impreso en Orymu, S.A. - Pinto (Madrid)

CABALLO ALADO **clásico**

serie **al PASO**

Selección de narraciones clásicas, tradicionales y populares de todos los tiempos. Cuentos destinados a niños que comienzan a leer. Las ilustraciones, divertidas y tiernas, ayudan a comprender unas historias que los más pequeños pueden leer solos.

serie **al TROTE**

Selección de cuentos clásicos, tradicionales y populares destinados a pequeños lectores, capaces de seguir el hilo narrativo de una historia. Los personajes les fascinarán y sus fantásticas peripecias enredarán a los niños en la aventura de leer.

serie **al GALOPE**

Cuentos clásicos, tradicionales y populares, dirigidos a pequeños amantes de la lectura. La fantasía, la ternura, el sentido del humor y las enseñanzas que se desprenden de cada historia estimularán la imaginación de los niños y les animarán a adentrarse aún más en el maravilloso mundo de la lectura.